筆事
筆
偕

《筆筆偕事》編輯委員會

（依姓氏筆畫排序）

編輯委員

田啟文、張晏瑞、劉沛慈、錢鴻鈞

總策劃

錢鴻鈞

主編

劉沛慈

封面相片提供

陳筱君、劉恩慈

《筆筆偕事》系主任序

台文系主任錢鴻鈞

　　欣聞劉沛慈老師所主編的學生創作詩集又出版了，做為系主任真是感謝又感佩。在繁忙的教學與研究生活中，劉老師又花了那麼大的力氣，編輯這麼一本書，能夠讓學生作品有出版的機會，增加學生的信心與勇氣、驕傲，這是我非常樂見的。

　　在田啟文老師於八年前開始進行台灣文學系的改革，聘請業界師資、開創業界課程還有暑期實習。然後，我跟隨著他進行改革，延續他為台灣文學系的發展與壯大的想法，斷斷續續，我也已經做了整整五年的系主任。

　　這五年中間，我還聽他說過，現在台文系改革的最後一環，就是要讓學生有畢業專題製作的產生，甚而在每門科目，尤其是業界課程也都能有成果的發表，無論出版編輯、影音製作、新聞

媒體、劇本創作。但是，由於每年同學的興趣、志向、用功程度略有不同，且影音課程也剛開設兩學期。所以業界課程，雖然也有一些豐富的期末作業的展現，但是品質上的問題，或者需要另外的編輯人力，就沒有具體留下集體的成果展現。除了出版編輯一門課，現在已經協助出版了四次《藝采台文》年刊。

而出版編輯課，正是協力製作這本詩集年刊的張晏瑞老師，以及萬卷樓圖書公司出版的。在此更要感謝萬卷樓的總經理梁錦興先生了，長年給台文系的支持與鼓勵。

讓學生多表現，投稿發表創作、製作專題、參賽得獎，加上上述的一些學生的業界實務能力的表現，是我從田老師那裡聽來的想法。而現在，劉沛慈老師的現代詩賞析與習作這門課，做了最好的示範，實現讓學生有作品發表、表現的空間。也難怪我感到驕傲與感謝的，也讓我多少感到輕鬆些，責任有些微的達成一小步。

學生需要工作，現在業界就是要看學生是否有實習經驗，甚而有實務作品。這是非常清晰的方向。當然台文系的閱讀、批評作品，以及寫作的基礎能力的重核心能力是不必說的。只是寫作而言，不僅是藝術創作，也該包括企劃、策展、行銷等專題文案的寫作。分析批評，也該有進一步的數據分析的資訊能力。更不

筆筆偌事

用說五G時代的文字搭配影音的表現的能力了。

以上台文系的種種改革，融合現代社會所需要的工作的多元能力，立意良善。相對的學生的認知需更清楚，努力也需要更多，壓力也是更大。現在我幻想著，這本平面媒體的詩集出版，將來是否有可能也有影音的成果展現呢？

是的，從去年第一次集結的詩集比較來看，今年已經有更進一步的展現，每人各刊出2～3首，且相片多樣化，並且會用QRcode來附在書上讓讀者掃描，看到彩色原圖。

那麼，我在傳播研究所上課中，行銷老師給我們台灣文學的未來工作趨勢，是有關轉譯文學作品或者說文化創意的層次，如何可以在學生的各類課程的作品中展現呢？沛慈老師已經跑第一棒了。特別要說今年除了詩集的出版外，還有詩的特展策劃展出，有關策展實在也是一門學問呢，真了不起。沛慈老師特別請名詩人林鷺女士幫忙台文系選出優秀作品。並也決定特選若干篇成為下一期笠詩刊的台灣文學系專輯，萬歲。

最後，仍要感謝陳奇銘校長與真理大學研發處所提供的特色計畫，給台文系經費補助，得以順利邀請詩人演講與出版，給學生更多的資源與機會。

Contents

目錄

時光 ｜王婕

暮色　山水　天際一線

時光慌促淌過一磚一瓦　樹影斑駁

當時他們遙望著這陌生之地

背後是越離越遠的家鄉

數百年前的風光　巍巍豎立於此

捲舌難辨的外語　混入這片土地的聲音

文明的齒輪逐步轉動

至今仍影響著後後代代

創作理念　拍下這張照片的時候覺得好幾百年前的東西能夠保留至今真的非常不可思議，因此不禁思考著那些遠渡重洋來台傳教的人們，在此留下這麼多痕跡，也是非常讓人覺得佩服的事情。

依然 |王婕

你蔓延了歲月

從1870年到如今

好幾代膚色的洗禮 混雜著

難以辨別的血緣

紅頭髮與黃皮膚

不斷更換的稱呼

你卻一路潔白瑩潤 好似誰也不能浸染

日輪光暈落在身上 交替那些來客的記憶

今日依然 依然

創作理念

這首主要是由小白宮作為發想，不管時光再怎麼飛速流逝，小白宮似乎都永遠是這般潔白乾淨，看盡好幾代人們的生活，承載著無數回應，靜靜於此，永不湮滅。

墜入 ｜王婕

霞色降落 燃燒的花撲滅激盪的海
與這片土地的人毫不相同的面貌
剔透的眼珠　捲曲的頭髮
你被稱為紅毛人
那些不理解的視線 厭惡 排斥
化為你掌間溫煦的暖意
不曾逃避
拔掉的牙齒 一顆顆 落下 是心打開的聲音
你留下的痕跡 墜入泥地
結開一朵朵盛放的花
似如金火

創作理念

這首主要是講馬偕，傳教士馬偕可以說做了許多事情，對於台灣人來說其實是非常重要的，當時看到這個景象就思考著他所留下的善意應是與這片晚霞相似，金紅燦爛，卻沒有烈日那般熱燙，而是沉默的、緩慢流動的溫柔吧。

回應 ｜石如玉

我觸摸時
發現
這塊土地是柔軟的
揉進了
一名男子的深情

傾聽細語流水
淡水河下
思念，源源
不曾消逝的期許

假使
懷抱相同情誼
就伸手吧

創作｜理念

我覺得馬偕不僅帶來新的思想與教育，他對於淡水的情感，讓這塊土地變得很柔軟，感覺看著淡水時，多了一份溫情在，而這樣的情感也傳承下來，影響居住在這裡的人。有人抱著期許，希望這塊土地變得更好，就會想要去回應他。

筆筆偕事

婉惜 | 石如玉

一手攜大的淡水
如今成長為你期待的樣子？

入夜的觀音山在燃燒
慾望的火焰不滅
晚風徒留空虛

究竟有多美？
讓你如此迷戀，
甘願成為痴人，駐足、流連
我渴望時間倒流
見見她最美的時刻。

創｜作
理｜念　某次看完電影回家的路上，看到了照片中的情景，覺
得成串的燈光讓觀音山像是燃燒一樣，過去的觀音山
應該不是這個樣子，但是我是見不到了，覺得讓人煎
熬。雖然都是在淡水，但馬偕所見的淡水和我所見的
是不一樣的，更加美麗與清澈，這樣一想，就覺得有
點忌妒。

女孩的眼中 | 石如玉

那年
紅色的建築中
你教導女孩
揮動翅膀的方法
堅毅與自信流露
女孩的眼中
你看到了嗎？

創作理念

馬偕創立淡水女學堂，讓女孩子能夠讀書，對於身為女性的我來說，最想感謝他的事情，我們都很清楚，女孩子透過學習，才擁有保護自己的力量。我母親年幼時，她所居住的鄉鎮，發生了賣雛妓的事件，從台北來的人欺騙當地居民要雇用童工，實際上卻讓這些孩童賣身，當時阿公家僅有四女，阿公堅持將她們四人都送進大學讀書。我有時會忍不住猜測，如果當時阿公的決定不是如此，會不會母親也會成為她們的一員，讓我毛骨悚然。

筆筆偕事

永恆的禮物　|劉恩慈

帶著信仰與種子
來到福爾摩沙
觀音山與淡水河迎接著他
信仰送給人們
種子送給土地
相信主會帶著希望救贖
相信土地會更豐饒茁壯

這帶著無限可能的土地啊
收到禮物了嗎

不知多少歲月過去
雖然沒了牧師的身影
但山還在
河還在
信仰還在
現在依舊享受著美味的蔬果

那回送給你的只有思念和傳承
這些禮物的共同點就是亙古的永恆吧

目光所及之處 ｜劉恩慈

潔白的牆面抵擋著太陽

翠綠的草皮佈滿著腳印

如銀鈴般的笑聲消逝在名為時間的洪流

一磚一瓦都刻著歲月

一草一木都忙著記錄

在你的目光所及之處

都是美好

喜歡風景

抑或是喜歡這裡的居民

你都能看著

看著山、看著海

看著日漸豐饒的土地

看著在教堂祈禱的人、為生活忙碌的人

看著模擬你上班途中的我們

雞蛋花的綻放你應該也看到了吧

無庸置疑

在你的目光所及之處

生出美好

創作理念　我以第二張照片的雕像做為主軸，用他面朝著淡水河，延伸至他其實整個淡水都看得到，以前他看著自家孩子在草地上嬉戲，現在看著大家的生活，目光所及之處沒有限制，美好是能夠被看見的，也可以是被製造出來的。

永不息止的愛 | 林育暄

鐘聲迴盪

在純白、紅瓦色的——

你所留下的所有慈愛

永不息止

創作理念

因為馬偕在淡水創設了許多包括淡水教會、牛津學堂、淡水女學堂還有他自己的住家等等白色、紅色的建築物，而這些建築都是他為台灣所貢獻的心力，儘管過了一個世紀，他對台灣的慈愛在鐘聲迴盪下仍繼續流傳下去。

筆筆偕事

純白的希望 | 林育暄

一顆顆純白希望
落在你手心
照亮　整座觀音
遠播　淡水河畔

創作
理念

馬偕在台最廣為人知的即他替許多台灣人拔牙，我覺
得牙齒掉了代表某些苦痛也隨之消失，而希望就來
了，就像是蠟燭照亮黑暗一樣，而他的好名聲也傳遍
淡水河畔。

登岸的初衷 | 鄒嘉恩

他
懷抱著
重大的使命
來到福爾摩沙

漁人碼頭
登岸的起始點
虔誠的手勢
勿忘他來這塊寶島的使命

古怪
是他的本性
一次拔牙
記錄下數萬顆牙齒
一棟醫學堂
一行帶過
在他的日記

福爾摩沙的醫療進步
始於他
女子的讀書權利
由他開拓
基督教的傳播
由他掌握

本詩敘述馬偕的個性，也敘述了馬偕對台灣的貢獻。
漁人碼頭的登岸紀念銅像，馬偕對台灣的虔誠，都栩栩如生地雕刻在這，表達了馬偕傳教的使命。
拔牙這件事和醫學堂這棟建築的對比，也呈現了馬偕古怪的個性－對重要的事情，不會詳細記錄；反之，對於芝麻綠豆小事反而會一一記錄。
但即使馬偕的個性如此古怪，但對於福爾摩沙的熱愛程度，依舊奠定了馬偕的各項成就和事蹟。

虔誠的心 | 鄒嘉恩

華麗的教堂
背負著
過去的排外
和滿腹的歧視

受中華傳統教育
所洗腦的這塊地
與西方思維
衝突遍布

反對的情緒
如烈火般
燒盡他過去的心血

他的意志
卻沒被燒盡

他的熱情
他的寬恕
打動了福爾摩沙的心
逐漸化解了
東西方文化的矛盾

這棟華麗的教堂
依舊屹立不搖地
秉持著他的使命

作念 創理

馬偕最初的傳教工作，並非順利，有不少反對基督教的人視馬偕這個外國人為異類甚至企圖燒毀教堂和講堂，但基於馬偕對台灣的熱情，以及堅定的決心和耐心的解釋基督教這個宗教，逐漸讓台灣人民敞開心扉接受了這個外來的宗教。

本詩的作者認為，這棟教堂創立的背後，是否有龐大的反對聲浪和支持聲浪在作對，無論如何，皆為馬偕的象徵性之一。

馬偕的信念 | 吳翰昇

反覆著

從醫館到理學堂

反覆著

從教書到行醫

反覆著

從不間斷

世人讚賞你

寧願燒盡也不願朽壞

但願你能在天堂中看著

滬尾的進步

創作
理念

藉著寫詩，來感謝馬偕對淡水(舊稱滬尾)的無私的付
出，希望馬偕能看到現在淡水的進步。

馬偕街 | 吳翰昇

上學之路
平淡無奇
卻不知
百年前
馬偕上岸
走行醫路
和上學路重疊
好似平行時空
您看滬尾夕陽
和我看淡水夕陽
映照在淡水河上
餘下紅光的彩霞
是一樣
雖已經過百年
但您不曾離去
滬尾淡水
您還在守護著

創作
理念

藉著以前馬偕走的行醫路和教書的路，和現代大家走的上學路重疊，讓這條馬偕街有平行時空的感覺。

筆筆偕事

啟示 | 竺思璿

陌生的異鄉
跟隨真主的指示
解救眾生
是一場
必經的生命洗禮

創作理念 | 作念

馬偕來台傳教，救濟他人本不是來意，但陰錯陽差遇到了他的使命。

看到台人如此困苦，不忍心台人受難的馬偕，扛下重擔救濟民眾。

這本不是他的責任，但他善良的內心驅使他完成上帝給他的任務。

故鄉 | 竺思璿

風的味道
憶起了故鄉
回頭看看
成群的人們
溼了眼眶
下定決心
這是我的第二個故鄉

創作
理念

接受現實，馬偕深深感知只有他能救他們，
雖然故鄉的一切讓他思念，但還是決定待在台灣。
他們 需要他

筆筆偕事

馬博士 | 陳筱君

他深邃的眼眸
他無邊無際的大愛
他盡情揮霍
看
那密麻緊實的黑鬍
滔滔不絕
述說主人的旅行

創作理念　來淡水讀書，第一次看到馬偕頭像，因此作了這首詩，描繪著他的眼睛，他的鬍子，而這些也是我的想像世界，在我心裡，馬偕博士就是這麼美好的一個人。

牛津學院 | 陳筱君

磚紅一塊塊砌成
它是兩個世界的交際點
西方的唯美搭配東方的守舊
朗朗讀書聲
千里繞樑
是文明的象徵
是教育的開端

創作理念

我先從外觀開始作詩，它融合西方的十字架和東方塔，我再想像裡頭有書生認真的聲音，而傳來的聲音象徵先進文明的到來。

馬偕故居 | 陳筱君

第一步
春心蕩漾
再一步
視野衝擊
翠綠葉子綠了又綠
柔白故鄉
好溫好暖
最後一步
已回不去
心靈寄託於此

創｜作
理｜念

在淡水有關馬偕的歷史建築物，我最喜歡馬偕故居，當我走進，心底下有股蠢蠢欲動，心裡的愉悅萌芽，走近觀看，心花怒放，很舒服，肩上瞬間放鬆，彷彿踏入另一個世外桃源。

偕醫師 | 張竣皓

拔出一顆顆的痛苦與疾病
和死神玩著拔河的遊戲
你傳遞的不只是教義
而是
關懷世人的大愛
與那
堅忍不拔的意志

創作理念　馬偕對於這個台灣真的貢獻許多，且行醫救了不少人的生命，所以想藉由此詩來歌頌他

偕牧師 | 張竣皓

對這個世界
我自認做得不夠多
對於台灣
我只是一位過客
在這匆匆的人生旅途
努力完成
自己的任務
至此我的人生
就此謝幕

創作理念　馬偕總是無私地為台灣付出，不求任何回報，所以想藉由此詩感謝他的無私奉獻

以後的你 |劉康義

以前的你，世界可能在海港。

默默的拔病根。

現在的你，世界已經在宇宙。

默默的在深根。

創｜作
理｜念　馬偕和其後代對台灣的貢獻所發出的感慨。

走的路 | 劉康義

至死走了幾條步
一條或著多條
渡舟過了幾次海
一次但沒兩次
一天天敲起的鐘
絕響於歷史中

創作
理念

馬偕周而復始地走牛津學堂的那條路和敲鐘的感慨及抒發。

（一）再見 ｜葉亞音

馬偕所愛的淡水
令他留戀的淡水
再見
再見
他永遠停留在了他最愛的淡水

創作理念 | 馬偕終其一生將自己當成淡水人，為淡水付出所有就連死後也葬在淡水，淡水為他最後的住家

（二）燃燒 ｜葉亞音

奉獻青春給淡水
深入淡水且融入
行醫授課探索皆不落
燃燒生命為學子

創作理念 | 聽到馬偕到最後一刻都在教書，而有的靈感

馬偕的一生（組詩） | 于湄璇

第一首：

淡水情捨故鄉

娶聰明做台人

整牙教人做人

偕來作伙哦

第二首：

娶賢妻

產兒女

生在加拿死於台

做台鬼

見閻王

豐功偉業成歷史

創 作
理 念
就只是想把馬偕的
一生化成詩，僅此
而已。

巷弄的夢想 | 溫思彤

這小小的巷弄
藏著多少的願望
是到世界旅行
還是去太空冒險

原來都不是呀
只是想用寬廣的胸襟
替淡水披上新的色彩
樸實無華的旅程
就此展開

創作
理念

誰能想到馬偕曾居住於此，這看似簡陋，平常不會有人注意的地方，竟然有個人就在這裡默默替人拔牙看病、為人傳教，不要求任何回報，這樣的夢想是如此的偉大，值得大家去細細探討。

街道的故事 | 温思彤

一條街

卻有著不同的世界

就像當初的你一樣

孤獨

無人體會

抱負

沒人了解

懂你的只剩下

一朵朵含苞待放的雞蛋花

創作理念

明明在同一條街上，卻有著不同的風景，一邊是神聖的地方，而另一邊卻是玩樂享受的場所，而當初他也在這條街上，被民眾用雞蛋砸，卻還是不顧一切為民眾看病，甚至把門拆下來當擔架，而長老教會旁開著一朵朵的雞蛋花，是馬偕喜歡的花，而我想雞蛋花或許也見證了這一切，在當時也許只有雞蛋花明白馬偕的偉大。

番薯上的建築 ｜温思彤

真不知該說你傻
還是聰明
誰能想到把草稿
刻在蕃薯上
一筆一劃
刻出你的執著
於是
它就誕生了

<table>
<tr><td>創｜作
理｜念</td><td>這棟看似簡單的建築，卻是當初馬偕在番薯上刻畫出的，誰能想到馬偕竟然對建築一竅不通呢，誰都無法相信吧？我相信當初的他一定遇到許多困難，而他竟然靠他的執著與不放棄的信念把它完成，值得敬佩。</td></tr>
</table>

淡水的記憶 | 楊明書

高山河長舊學苑
夏天西南風
冬滬尾
對岸綠葉可觸天
這岸印下偉人的標記

創｜作
理｜念

在寫的時候，我把我對淡水的記憶都當作我創作的素
材，對岸就是指觀音山然後我覺得從遠方看過去的時
候，就覺得似乎接近天上。這裡還有馬偕這位偉人，
他所留下來的很多、而我不想省略任何，所以就簡直
包括在標記這兩字。

忠誠 | 楊明書

地平線割對世界

火在上

下是水

多年來

土泥路、紅色屋頂、梯田

路客來來去去 不再回

只有太陽仍然保持忠誠

多年過去天天回到海裡

多年過來一直不變的美麗。

創作理念　我看到淡水之前的土泥路、梯田還有那些舊有的樣貌，然後我看到現在的面貌，讓我覺得它們像過路客一樣，只會留在淡水一段時間，永不回來。只有夕陽從古到現在，被世人所稱讚，永遠不變。「地平線割對世界，火在上，下是水」是日落在淡水河那一刻展現出來的，也是隔開不一樣的時代。

上帝與你 | 王翔立

上帝開了一個玩笑
讓你成功踏上這片土地
上帝聽了一個願望
帶給台灣人民一個希望
上帝輸了一場遊戲
治好了他們卻帶走了你

馬偕 | 王翔立

是你 奉獻自己 帶來一片光明
是你 為了女性 爭奪女權地位
是祢 讓人痛苦 帶來一片黑暗
是祢 帶走了他 留下歷史意義

淡水馬偕 |陳志鈞

清領時期的淡水
一個滿臉鬍子的人在出海口上岸
下船後跪在地上禱告
希望能傳教順利
他在淡水的所作所為
讓許多人無法忘記他
甚至他創立的學院
也讓他們也記憶猶新
當他去世時
更讓淡水人痛苦不已
他們也記住這個人

上岸 ｜陳思霈

午後溫煦的陽光　　　　　　　任由陽光輕柔地擁抱著自己
映照著淡水河
河面上波光粼粼　　　　　　　鳴笛響起了
河水汩汩　　　　　　　　　　船隻靠岸了
漣漪輕輕地搖曳著船隻　　　　他手捧聖經 帶著主的祝福
　　　　　　　　　　　　　　踏上全然陌生的地方
船隻上的他 閉上雙眼
聞著河水的鹹味　　　　　　　被陽光照射的熠熠生輝的他
聽著河水的拍打　　　　　　　來了

創｜作
理｜念

想像馬偕在淡水河畔上岸的情境，因為不清楚也想像
不太出來馬偕是以什麼樣的心情來到淡水，所以描寫
景物為主，於是創作這首詩。

最後這句「被陽光照射的熠熠生輝的他 來了」是想
突顯馬偕是"自帶聖光的救世主"為概念。

拔 | 陳思霈

拔起侵蛀已久的牙
像是拔起他們身上的逆鱗
那流淌而下的血 是放下
質疑偏見的象徵

拔除的蛀牙
被他們緊握在手中
是疼痛 是驚奇
也是消彌對立歧視的結果

無私 | 謝安瑜

我想問問你，
如何做到這樣犧牲奉獻？
為何將大半生都投入於此？
奈何無法親自詢問，
只好繼續緬懷惦記著，你的偉大。

創｜作
理｜念

很想親自問問馬偕先生為什麼可以為了這塊陌生的土地如此無私奉獻，但卻不可能問得到了，所以只能好好的緬懷紀念著他的事蹟。

童話 | 謝安瑜

你的故事彷彿是安徒生的作品般，

一切都那麼美好，純淨潔白，

五十七年，不長不短，

卻如此豐富精彩，

高潮迭起，

最後，寫下一個快樂結局。

創作理念

馬偕先生的一生就像童話一樣，因為他的行為帶給淡水這片土地和人們很大的改善與希望，從頭到尾都十分地精彩，也讓後世可以憧憬跟紀念他的偉大。

街道 | 柯宛彤

街道的雨

街道的風

街道的草

街道的花

街道的圍欄

你走過

留下這些看似平凡的生活

卻又深烙印心中的過去

創 作
理 念

此文想要表達馬偕
給淡水的善行就像
接到的任何物品一
樣隨處可見

樹枝 | 柯宛彤

斑駁紅磚牆上的樹枝

深深進入個磚塊

如你

深深進入每個人心中

而那綠油油的樹葉

像是你的關愛

在樹枝上閃閃發光

創 作
理 念

此詩想表達馬偕的
善行深深植入每個
人心中

夕陽下山前的波光 | 黃怡嘉

來到異國他鄉的遊子
你有
眼中含著的晨光 流向 淡水
你有
手上的恩惠是接納的角度
腳下的路程是孤獨而偉大
如果說你是提燈者 也可以
你是火炬 更貼切
看
夕陽下山前的波光，有人繼續禱告

創作｜理念

台灣對馬偕博士來說是異國他鄉，一人獨自來到淡水傳教，看到的是閃著光的淡水河，眼中含著的晨光代表的是希望、有一個好的開始。

而手上的恩惠是馬偕為傳教所做的一切事情，包含拔牙、醫療、建學校……都是其他人願意信教的、接納馬偕的方式。說到醫療，讓我想到南丁格爾一提燈天使，同樣是奉獻，只是火炬更適合馬偕，到他逝世之前都在燃燒自己，只為了讓學校辦成。如今，就算沒有馬偕這麼偉大的人繼續禱告，可一定有人是看著，當時馬偕看過的淡水夕陽，依然在禱告。

鐘聲寧靜 | 黃怡嘉

親手畫下的藍圖
與
觀音山相互凝視
一磚一瓦
砌起
智慧和溫柔的學堂
誦讀的聲音悠揚
淡水的對岸啊
一起享受鐘聲寧靜

創作理念

馬偕博士親手畫下的第一棟建築就是牛津學堂，在建築物沒那麼多且高的時候，她是可以和觀音山相望的。而牛津學堂會被砌起的原因是為了向女性傳教，但也是這個原因，女性的思想、教育再次發展，而女性獨有的智慧和溫柔，與馬偕博士的期望都在這一磚一瓦之中。

傳教時的鐘聲及祈禱的聲音，沉澱了時間，安慰了靈魂，都從小小的淡水飄到對岸，甚至更遠，使人擁有片刻的寧靜。

筆筆偕事

上岸 ｜姚允韜

上岸那一刻
你的身姿
在那裡
永垂不朽

創作理念

第一篇這樣創作是因為，每當走黃金海岸散心，走到星巴克時，都會見到馬偕上岸點的雕像豎立在那邊，看他單膝跪地禱告的樣子，讓我有時會想像，回到那個時代時，馬偕博士上岸時會是什麼樣子，心情又如何。總而言之，馬偕博士上岸的地方及他的身姿就這樣被紀念在那，因而有了此創作想法。

醫館 ｜姚允韜

灰白建築
見證他的人生
上帝代理人
懸壺濟世

創作理念

第二篇這樣創作是因為，滬尾偕醫館也算是馬偕博士在淡水這重要的建築及他行醫的地方，因而有了此想法。

河口 | 蕭晨軒

藍雲，白天/烈日下

小小的船/擺盪 搖晃

清風 吹過/堅毅的

身軀

創作理念：馬偕在這裡登陸，正好，這天天氣很好，我想像馬偕拖著壓力，肩負理想上岸的樣子。

你還在 | 蕭晨軒

綠樹白牆/藍天下
階梯、花圃、網球場

不見你的影子
卻感覺
你還在那裡

創作理念：馬偕故居很美，古色古香。
馬偕確實不在了，但是他的精神，卻依然在台灣，燃燒著。

雞蛋花 ｜李嘉欣

乾淨明亮的白

輕柔的包覆著中心的黃

在小巷裡溫柔並堅毅的綻放

不勝起眼

但

沒關係

有人會看見它的

創作｜理念

馬偕最喜歡的就是雞蛋花。雞蛋花雖然不起眼，但它恬靜的綻放在小巷裡，白中帶著一抹明亮的黃。平時雖然不容易去注意到，可是一旦注意了，目光便離不開它了。

拔牙 | 李嘉欣

整齊的列隊
來到叡理前

來

啊

啵

下一位

創作
理念　馬偕來台期間,傳授當地住民許多醫療常識及實施醫
療行為。其中最常實行的醫療行為和使當地人最廣為
受惠─即是拔牙。

重建街 | 張芸瑄

重建街上
重建對你的思念
滿是你對淡水的貢獻
你所做的一切
我們都替你重建
一一呈現
在重建街

創作理念｜雖然重建街已變了模樣，但是走在重建街上，還是能看到馬偕的貢獻被人們用畫作記錄起來。像是馬偕拔牙及淡江中學等等。我覺得很有意義，所以創作此作品。

你獨自一人在街上　| 張芸瑄

你獨自一人在街上
看著人來人往
看著你喜愛的淡水變成著繁華的模樣
一看就是數十年
你獨自一人在街上
在屬於你的街上
馬偕街

創│作
理│念

走讀那天有去看馬偕銅像，他是1995年建造的，就位在馬偕街上，因為他就位馬路中的圓環中，看起來很孤單，所以創作此作品。

學校 ｜潘尹崢

一分一毛
積沙成塔
建成募款
都由你來
不怕風雨
平安上課

創作理念　淡水潮濕多雨，馬偕醫生為了讓淡水的學生好好上課，於是回到加拿大募款，將所有款項都使用在建立牛津學堂上，讓學生可以不必因為風雨停課。

壞牙 ｜潘尹崢

牙齒
一顆顆摘下
在壞死以前
你帶走了它
門少了檻
卻多了健康

創作理念　馬偕以「拔牙宣教」聞名，因此也吸引很多人信教，也讓人感覺不到距離感，許多人也因為蛀牙被移除變得健康。

馬偕 | 王絲嬋

是什麼驅使你來到
你全心全意疼惜的台灣
淡水
你將一生奉獻在此

雞蛋花
綻出你對台灣的疼愛
生根茁壯

創作 | 作念
理

淡水禮拜堂竣工於1933年，至今已有87年的歷史，禮
拜堂外的雞蛋花樹，則是馬偕博士的外孫柯設偕在
1950年親手種植的，樹齡高達 70年。

經過了將近90年歲月洗禮的禮拜堂，至今依舊保持神
聖莊重的樣貌，已有70年樹齡的雞蛋花樹，仍然持續
生(深)根茁壯，傳承了馬偕對他所摯愛的淡水之疼
惜、付出。

屹／毅 | 王絲嬋

風中 雨中
屹立不搖
守著你一生摯愛的北台灣

淡水啊
你最後的住家

創作 | 理念

詩名「屹」是指馬偕銅像在風雨中屹立不搖；毅 則是對於他突破重重困難在北台灣傳教的讚嘆。

馬偕將其一生奉獻給淡水，並選擇長眠於此，在外僑墓園用一堵圍牆將他與其他洋人的墓隔開，以表明自己是台灣人。他的銅像在老街路口，無畏風雨屹立不搖，像是淡水的守護者。

之所以以 最後的住家 結尾的原因有兩個，第一：淡水是馬偕的葬身之地；第二：馬偕在生命的最後時刻，寫下一首毫無保留說出他對臺灣的疼惜與摯愛的詩，名為《最後的住家》。

新契 ｜彭思園

你說
五花八門難以辨別
空白的言語缺少水墨筆跡
於是
嶄新的文字
譜寫成章
躍然紙上　宛若新生

你說
林間霧葛飄渺難尋
歌謠的傳承缺乏安放之處
於是
高聳的教堂
矗立蓊鬱
琅琅讚頌　繚繞耳畔

創作理念

以「你說」帶出馬偕
所做之事，並徐徐圖
之，將兩件大事以輕
巧的文字寫出。

漣漪 |彭思園

波波漣漪
散進心房
彷彿你那溫聲柔語的安撫
瞬間軟化
不安恐懼的情緒

刺痛的齒尖
毒瘤拔起

猶如精靈掙脫束縛的枷鎖
沙漠的旅人終得一杯淨水
破舊不堪的船隻回歸港口
波濤洶湧的駭浪就此平息

一個兩個
漏風的唇齒上下開合
換來　春暖花開的微笑
似乎　一切作為得回報

創作
理念

以前醫術不發達時，所有人應該都體會過蛀牙的痛苦。這首詩則是用水面波動的漣漪為題，去敘述那種令人恐懼的事物被柔和取代，漸漸人們也不再是恐懼居多，而是感謝。

秘境 | 彭思園

飄洋渡海　海天碧藍
福爾摩沙　沙洲登岸

曾說起亙古咿呀難言的低語
曾說起古老部落傳承的代價
譜寫成歷史洪流中的晶石
潑入進畫布色彩中的繽紛

紅色磚石促造成的壁壘
草木綠意加之叢木樹林
抬腳步入
是那遙遠書聲傳送入耳
是那銀鈴笑聲蕩漾四周
清風拂略
又如秒針的凝滯　靜靜佇立

創作理念｜以一種神祕的角度書寫，彷彿觸碰到景象，又好似什麼也沒看到。

街道 | 顏郁庭

走過
一遍又一遍

陌生的土地
來往的生人

終將踩踏成日常的景色
而足跡所向

是新的歸所　是夢的盡頭

連接 | 顏郁庭

土地與土地
智慧與技術
生活與信仰
人與人

被接連著
而彼此聯繫

創作 | 理念　隻身一人來台傳教的馬偕牧師，致力於台灣的發展，也在這人生地不熟的土地扎根，而他也不是一帆風順的，克服了許多困難，起初台灣的人民也不會是立刻就接納他的，而他這種堅持的精神，成功地與台灣的土地與人們建立起了聯繫，而我想將這份聯繫寫成詩作，以表達這份敬佩的心意。

編者的話

劉沛慈

　　第二次執行在地化特色課程的計畫，仍然抱持著謹慎的態度與期待的心情規劃著教學進程的每一步。從現代詩創作的要領開始，到作品賞析切入視角的閱覽舉要之餘，仍在課堂中植入馬偕博士相關題旨的校外走讀與專題演講，並邀請詩人親臨課室、現身說法，傳授寫詩之經驗與技巧。除了以達成期末出版詩集為目標，本年度更新增了學生詩展的安排，促進同學們現代詩作品的能見度，同時提昇其創作上的自信心與成就感。

　　這本詩集一共收錄了28位學生的作品，在質與量上都和去年度的出版成果有著不同的展現，令人倍感欣慰。每人撰著2至3首與馬偕有關的詩作，同時附上親自拍攝的主題相片和個別的創作理念；書中更設有QR Code的製作，以提供讀者能欣賞到彩色相片之原圖樣貌。詩作取材，有著馬偕在歷史、宗教、醫療、教

育、建築……等各個面向的連結，不僅表達心中對馬偕博士及其後代的景仰與感佩，還可看見那筆觸的間隙中，憑添了不少與馬偕的時空對話。

　　除了馬偕詩集的出版之外，長廊詩展這項活動，幾經系主任的辛苦奔走，也獲得了校方的肯定，為台文系系辦公室外的公佈欄置換了新裝，搖身一變而成為未來學生們一蹴可幾的創作園地，著實難能可貴。我們更特別情商了詩人林鷺老師，於百忙之中費心評選出二十餘首優秀作品，以供展出。而每篇獲選的詩作，由學生個人分別進行版面的設計編輯，呈現作者自身獨特的姿態。

　　十分感謝學校有這項特色計畫的支持，再次提昇我教學質量上的成就；也感謝系主任錢鴻鈞教授的信任，豐富了這門現代詩課程的教學成效；還要謝謝田啟文教授接納我們進班聽講，共同學習。特別要感謝林鷺老師、王意晴老師和王一穎老師的傾囊相授，帶領學生有深度地認識馬偕博士，指導學生讀詩、寫詩，給同學們莫大的創作能量與自信，完成詩作的種種挑戰和任務；亦感謝萬卷樓出版社張晏瑞老師和蘇輗小姐，在書刊設計與詩文編輯上的盡心盡力；以及，系助理張文怡小姐，謝謝妳在相片集網頁編製上的費心。

最後，仍要在此對同學們說聲：謝謝你們的努力與用心，讓我有引以為傲的教學表現。這本詩集的生成，是每一個你／妳奮力振翅的輝煌，冀盼未來大家能在現代詩這片令人著迷的天際，盡情揮灑、持續翱翔。

　　　　　　　　　　　　　　　　　　　2020.12.27於淡水

日　期：　　年　　月　　日

日　期：　　年　　月　　日

文化生活叢書・詩文叢集 1301056

筆筆偕事
——真理大學在地文創特色課程詩歌創作集

總 策 劃　錢鴻鈞
主　　編　劉沛慈
責任編輯　蘇　輗

發 行 人　林慶彰
總 經 理　梁錦興
總 編 輯　張晏瑞
編 輯 所　萬卷樓圖書(股)公司
臺北市羅斯福路二段 41 號 6 樓之 3
電話 (02)23216565
傳真 (02)23218698

發　　行
萬卷樓圖書(股)公司
臺北市羅斯福路二段 41 號 6 樓之 3
電話 (02)23216565
傳真 (02)23218698
電郵 SERVICE@WANJUAN.COM.TW

香港經銷
香港聯合書刊物流有限公司
電話 (852)21502100
傳真 (852)23560735

ISBN 978-986-478-432-5
2021 年 1 月初版
定價：新臺幣 200 元

如何購買本書：
1. 劃撥購書，請透過以下帳號
　　帳號：15624015
　　戶名：萬卷樓圖書股份有限公司
2. 轉帳購書，請透過以下帳戶
　　合作金庫銀行 古亭分行
　　戶名：萬卷樓圖書股份有限公司
　　帳號：0877717092596
3. 網路購書，請透過萬卷樓網站
　　網址 WWW.WANJUAN.COM.TW
大量購書，請直接聯繫，將有專人
為您服務。(02)23216565 分機 610

如有缺頁、破損或裝訂錯誤，請寄
回更換
版權所有・翻印必究
Copyright©2020 by WanJuanLou Books
CO., Ltd. All Rights Reserved
Printed in Taiwan

國家圖書館出版品預行編目資料

筆筆偕事：真理大學在地文創特色
課程詩歌創作集 /錢鴻鈞總策畫
劉沛慈主編. -- 初版. -- 臺北市：萬
卷樓圖書股份有限公司, 2021.01
　　面；　　公分. -- (文化生活叢書；
1301056)
ISBN 978-986-478-432-5(平裝)
863.51　　　　　　　　109021170